中国好诗

第

七

季

日常礼物

康雪

——

著

国际文化出版公司

·北京·

图书在版编目（CIP）数据

日常礼物 / 康雪著 . -- 北京 ：国际文化出版公司，2022.11

（中国好诗 . 第七季）

ISBN 978-7-5125-1451-5

Ⅰ . ①日… Ⅱ . ①康… Ⅲ . ①诗集－中国－当代 Ⅳ . ① I227

中国版本图书馆 CIP 数据核字 (2022) 第 182314 号

日常礼物

作　　者	康　雪	
责任编辑	张　茜	
选题策划	彭明榜	
出版发行	国际文化出版公司	
经　　销	全国新华书店	
印　　刷	北京精彩世纪印刷科技有限公司	
开　　本	889 毫米 ×1194 毫米	32 开
	6.25 印张	100 千字
版　　次	2022 年 11 月第 1 版	
	2022 年 11 月第 1 次印刷	
书　　号	ISBN 978-7-5125-1451-5	
定　　价	55.00 元	

国际文化出版公司
北京朝阳区东土城路乙 9 号　　邮编：100013
总编室：（010）64270995　　传真：（010）64270995
销售热线：（010）64271187　　传真：（010）64271187-800
E-mail：icpc@95777.sina.net

康雪 1990年冬天出生于湖南新化，现居长沙。中国作家协会会员。诗歌散见于《人民文学》《诗刊》《星星》《十月》等刊物。入选第三十四届诗刊社青春诗会。曾获第二届草堂青年诗人奖、第四届扬子江年度青年诗人奖等奖项。著有诗集《回到一朵苹果花上》。

“如何从果皮内部取出发光体”

——读康雪《日常礼物》

◎ 霍俊明

康雪最新的这本诗集名为《日常礼物》，这回应了诗歌与日常生活之间的深度呼应关系。与此同时，“在悬崖上试翅的人”这句话又让我目睹了一个女性的精神境遇，悬崖和行动以及愿景之间形成了强烈的冲突，因此这一空间带有了不稳定甚至失重的特质。这是一个女性在语言和想象中试图找回平衡的精神图景。

1.

有的诗是很多诗人都能够写出来的，尤其涉及那些普遍经验和公共空间的题材，但是有些诗却被少数人拥有，这是从经验到写作的双重秘密。康雪这本诗集中的第一辑“命运的波纹尚且年幼”就属于这种特殊类型。

显然，这是康雪从女孩、女人成长为母亲的精神淬炼过程，让我们极其真切地感受到了生命与生命之间的本源性对话。与此同时，这也是进一步的精神自审，也即古希腊廊柱上的那句古老铭文“认识你自己”，日常性的动作和空间因而携带了精神况味和寓言化的认知效果——“他领着我进入一块玻璃中 / 告诉我，别动。 / 他花了两个小时挤掉 / 我头发上的海水 / 但波浪还留在上面 // 这符合我的期望 / 一个陡峭的人，有了点线条”（《理发店》）。

读“命运的波纹尚且年幼”这一辑的时候正值北方酷热夏天的黄昏，那一刻我感受到物理的时间光线与文字世界中斑驳光影和流年镜像之间微妙、隐秘、难解而又不乏戏剧化的呼应。“命运的波纹尚且年幼”是一位年轻母亲与女儿之间的对话，更多的时候女儿处在诗歌中的前台和中心位置，而诗人则承担了感受者、观察者、记录者以及陈述者的综合角色。正是因为另一个生命直接而独特的参与，一个人的生活边界和语言边界同时发生了变化，而这又进一步影响到了写作涉及的各种实有或想象的空间。一个女性与一头水牛因为怀孕而在同等意义上对应了“伟大”这个词。从孕期、分娩到哺乳、生长、坐立、学步、说话、生病，从惊喜、憧憬、想象、阵痛、撕裂到对视、宽怀、幸福、甜蜜、柔软、疲倦，康雪借助自己身体和心理的变化完成了对可见和不可见时空的深度感受，可预料以及不可把握的人生也得以复杂化地呈现，连同日常视线中极其普遍的事物和细节都得以放大化和精微地感受。“那时我初为人母，在哺育孩子的过程中突然深刻体验到作为女性的优越感。因此在诗的结尾写道，‘一个人逐渐褪去少女的羞涩，却又重获 / 婴儿般的赤诚与骄傲’。这种骄傲是抛开生理知识层面，纯粹以自我的身体认知与身份经验得来的。”（康雪《女性诗歌中的“女性”与“诗歌”》）确实，身份、身体、感受和眼光变了，那么人与世界的关系以及人与词语的关系也就变了，这是“精神交换”的法则使然。

在过去的很多个早晨 / 我都路过那里 /
只有在一场深刻的雾中 / 我才见到了那棵

光秃秃的楝树。 / 其实在我的儿时 / 它就站在那里 / 它至少看着我从六岁 / 长到十三岁。 / 我离开了太长时间 / 但并没有忘记它—— / 忘记是建立在存在的基础上 / 而它从未真的存在 / 直到三十岁以后 / 牵着小孩经过它 / 并从路旁的荆棘与茅草丛中 / 捡出它的串串果实。

——《一棵树》

与此同时，一个“成年人”也得以在此过程中重新发现“自我”，一个人开始转身重返和回溯过去。“当我有了孩子，我开始返回过去的路”（《再爱》），“我有幸在二十七岁 / 回到自己的婴儿时期”（《苹果》），“一个人逐渐褪去少女的羞涩，却又重获 / 婴儿般的赤诚与骄傲”（《成为母亲》），“是婴儿，以非凡的耐心 / 慢慢教会一个人成了母亲”（《婴儿与乳房》）。人生以深度参与的方式完成了一场不无独特的“诗歌写作课”，这是语言化和修辞化的特殊的“日常礼物”。这也是“时间”“生命”“命运”一次次降临的过程。我们可以认为这是“母亲”与“女儿”交换和对视的结果，甚至是彼此映照，同时也完全可以认定这就是“我”与“另一个我”之间的相互盘诘。这是亮光和暗影不断发生位移甚至博弈的过程，这是一段人生与另一段人生之间的相互救赎。“我的影子，总递给我一些 / 烫手的黑暗。/ 一定有什么 / 需要太阳之外的光芒 / 这光芒洁白、冷静，从每一根树枝的 / 顶端，照到我的深渊”（《玉兰》）。

这些诗通过彼此交织，最终回答了一个终极问题，即“如何从果皮内部取出发光体”。也许，除了智者和得道者，只有一位“诗人母亲”能够给出最为恰切的回答。

是的，康雪做到了！

2.

每一个写作者都必须或早或晚地回答一个不容回避的问题，即为什么写作？写作对于个人来说有什么用？康雪则直接通过《为什么写作》完成了作答：“你知道吗，它们歌唱并不是 / 因为幸福 / 而是想要，获得幸福。”以此来看，人生和写作都充满了难以调和的矛盾。诗人因此会格外留意那些温暖或冷彻的时刻，格外留心那些亮光和阴影，在意生离死别的终极悖论。康雪对此表现出超级细腻的敏感，季节、时间以及光影的变化几乎总是会来到她的诗中，甚至是反复地到来。这是一次次感受的时刻，是自我确认或怀疑的时刻，是潮汐般的自我晴雨表，比如“但光照在你脸上时总要 / 暗下去 / 很难分清那是光的阴影 / 还是你本身”（《速写》），“天突然暗下来，多了一点 / 清冷的意味”（《似是归途》），“这是一个晴朗的上午 / 挨着小河的树林还是昏暗的”（《树林深处》），“每天都要走过的一段台阶 / 在今天才发现 / 它恰好通往落日”（《被完全照亮的人》），“我摸到自己，发现整个人 / 是由黑暗做的”（《认命》）。这一切也就勾勒出了一个女性的精神启示录。

女性似乎与植物、动物之间存在着呼吸般的精神对应，因此康雪总是能够在它们身上找到自己的精神结构或渊薮，比如泸沽湖边开满了花朵的向日葵秆就成了映照之物——“最后一次在云南泸沽湖边的 / 小村子 / 看到一株向日葵秆，开出了 / 七八朵花 / 每一朵都有不同的表情 // 这是一种让我望尘莫及的能力 / 我从来没法，让一具孤零零的肉体 / 看起来很热闹”（《特异功能》）。确实，康雪的写作更接近于“捕露者”般的动作和内在动因，“在刚过去的清晨，我跪在地上 / 渴望再一次通过露珠 / 与另外的世界 / 取得联系。 / 我想倾听到什么？”（《捕露者》）如此已逝的、脆弱的、短暂的时刻只有在精敏而易感的诗人那里才能重新找回记忆的相框，而这一相框又以外物凝视和自我剖析的方式展现出来。康雪的诗中一直闪着斑驳的光影，有的事物在难得的光照中，更多的事物则在阴影里。这既是近乎残酷的时间法则又是同样残酷的世相本身——“太阳对于穷人多么重要 / 在屋顶，我们能得到的更多。 // 并不会有很多这样的日子 / 可以什么都不做 / 一直坐在光照耀的地方—— // 有三只羊在吃灌木上的叶子 / 我的女儿趴在栏杆边看得入迷 / 她后脑勺上的头发闪着光。”（《晴天在屋顶避难的人》）

诗歌确实能够让一个人更多、更深地理解自我以及与世界的关系。这是自我的挖掘，即使有光亮的话那也是“向内的闪耀”。这是普通生活中的自我主义，这是自白录、夜歌和赞美诗掺杂在一起的复合体。当“梦”和“屋顶”以实有或虚构的方式浮现在康雪诗中的时候，女性的心理和精神图示也就较为清晰地显示出来了，尽管它们如闪电、彩虹、露水，如梦幻之泡影。由此，我们还在康雪的诗歌世界目睹了孤独、疾病、荒地、墓碑以及黑夜般的死神，这时诗歌就成了此岸和彼岸之间的一段横木，尽管难行却要面对凛凛的冷颤，但是总归找到了救渡的途径或出路，《海：祖父》这首诗就非常具有代表性。

在诗集的最后一辑“人生远不如梦”中我们又看到了柏拉图般的女性精神乌托邦的景象。

她们需要爱，需要照彻，渴望梦想成真，渴望自我如初。当那匹白马在黑夜中打着温热的响鼻踏河而来，当梦有了温度和亮色，当往日重来而一切都如少年，诗的纠结和矛盾也就不可避免了。因为理想主义和精神偏离的气息，诗愈发显得脆弱，对于悬崖上试翅的人来说是如此，对于从日常的果皮内部取出发光体的人来说更是如此。

2022 年 7 月 19 日初稿，8 月 1 日改定

目录

第一辑　命运的波纹尚且年幼

第二辑　歌唱的云雀

第三辑　向内的闪耀

第四辑 人生远不如梦

第一辑

命运的波纹尚且年幼

水牛

它吃草的样子，真是温柔。
它的尾巴
甩在圆圆的肚子上，也是温柔。

它突然侧过头看我，犄角像两枚熄灭的
月亮，但它的眼睛
黑黢黢的，又像蓄满了水。

我们短暂地对视，再低头时
它脖子上的铃铛发出
轻微的响声——

我们就这样交换了喜悦，我们将
在同一个秋天成为母亲。

出嫁后

有一次，妈妈从山里干活回来
给我带了一把狗尾草。
还有一次，我在摘打碗碗花的时候
爸爸递给我几朵紫色的大蓟

这都让我感到难过。
我的父母，当了几十年拙朴的农民
突然这样天真、浪漫

这让我想要流泪。我宁愿他们永远保留
那点粗野，认为花草尽是无用之物
我宁愿我们之间
还存在着分歧甚至争执，这多么必要。

好梦

雪地并不明朗。大概雪也知道自己只是
被梦见。近处的绳子上晾着几块布
风声就哗啦哗啦地清晰起来。

但这有什么预示？远处的高空倒是悬着
彩虹。不止一条
一个拱怀着另一个拱，闪闪发光。

醒来我摸着腹部，里面有个花椰菜大小的
人儿。他可能还不会做梦
但他会伸出小手指，戳戳我梦中的彩虹。

喜悦

在夏季，雾蒙蒙的早晨很少。
啾啾啾……叽叽……咕噜咕噜……
那么多鸟叫，忽远忽近。
我穿过一片草地，露水沾满了脚趾
我无比快乐，我总要忍不住
摸一摸
肚子，喔喔，我的宝宝——
风有时把我的帽子吹歪，有时挠着
稻田里几株水草
它们开着白花，它们笑出声来。

有关分娩的想象

提前揣测一种疼痛有时令我
惶恐不安。但我仍然揣测了无数次
并充满向往。

这无疑是一种动人的疼痛。

我将顺利摧毁自己而以此征服世界。
我将以十根肋骨的断裂
重建一个女人。

我必然会痛苦地喊叫。但这仍是
一种如愿以偿的疼痛。

神

当我孤身一人时，我并不需要神的眷顾
我甚至，要对诸神有所防备。

我将我廉价的命运牢牢握在自己的手中
并乐意不断修改它野蛮的结构。

而当我真正需要神时，我想我先要亲手
把神养大，并给他足够多的爱和宽容。

成为母亲

昨夜的暴风雨已在万物的回忆中
找到合适的位置

而婴儿还在熟睡，耳廓上透明的绒毛
使梦境的边缘显得情感茂盛。

我依然要在清晨排空双乳
多余的奶水用来浇灌栀子、绿萝和

一片永远凌驾于男人想象之上的
空地。这空地多年后会生出什么？

一个人逐渐褪去少女的羞涩，却又重获
婴儿般的赤诚与骄傲。

时间

时间从野外回来时携带了一身的香气
但它又如此疲惫啊
得在一个人身上重新开始。

时间敲响了婴儿的房门，它的确疲倦极了
但又如此礼貌——
它进屋前抖了抖蹄上的灰尘。

时间在婴儿身上一鼓一瘪地呼吸
时间如此洁净。

道路

天空中飞鸟的曲线
石头下虫蚁细小的足痕
植物叶脉里奔腾的水

那么多神秘的路途
我永远无法踏入，但婴儿能

我的婴儿刚学会坐立
庞大而美丽的地球在她的臀部下方
缓缓转动

她很快就会行走
她生来就在行走

婴儿与乳房

以前不知道，天生柔软的乳房
能变得比石头还坚硬
不知道石头里有河流
河流里有怎样壮阔的温柔与暴力
这暴力是婴儿独自承受的。

以前不知道
不是一生下婴儿就能成为母亲
不是掏出乳房就能轻松地
喂养这个世界

是婴儿，以非凡的耐心
慢慢教会一个人成了母亲。
是婴儿
让普通的双乳有了潮起潮落
有了月亮一样的甜蜜盈亏

是婴儿，平衡了一个母亲乳房内部
与外界无垠的疼痛。

深处的爱都是很苦的

一只蜜蜂告诉我它最喜欢的花
就要开了

这一生何其美好。

我美丽而纤弱的邻居，在白昼采蜜
我美丽而纤弱的婴儿

正在用第一颗洁白的乳牙
在黑夜采蜜

月光从她的边缘分走一点甜
我却想从她的深渊，分走所有的苦。

再爱

当我有了孩子，我开始返回过去的路
我向路边的植物重新介绍了自己

我也开始领会日常所见中隐藏的
激动——
它们什么时候开花
花朵将有怎样的形状、色泽和香味

在无数想象与对视中
我与它们不断交换着脾性、痛苦甚至灿烂

我以前不知道，活着可以这样有耐心
真正爱起来时，只有平静和缓慢。

苹果

我还是更喜欢吃脆苹果。你呢
你吃粉苹果比较好

我有幸在二十七岁
回到自己的婴儿时期
这时我是真的爱笑，哭起来
也不是太难过

等五月一到，我们就可以用勺子
挖同一只苹果吃
如果是粉的，你可以多吃点

怎么样，开不开心
我们还能沿着那个甜蜜的轮廓
回到一朵漂亮的苹果花上。

六月

屋后的竹林还剩下一半。
另一半被荒草、洋姜
与坟墓的边缘取代

这时我不再因夏蝉感到焦虑
我已经能站在远一点的地方
看自己

看自己的具体，如何存在于你身上
看自己的虚，就如被
日后的你怀念

这时但愿我笑起来还是
小时候的样子——

和你一样明亮，好看。
而哭泣时，整个世界都波光粼粼

雪花

即使你是我身上的一个破绽
我也觉得很好。

你吃奶时，常常翘着迷人的
小拇指

这种无意识的美丽
像冬天落在一个人身上的雪花

它们消失前
会发出荡气回肠的尖叫

这尖叫你不一定听得到，我也不能
但我们可以认为

这仍然是美好的痛楚
毕竟消失时，大雪暖着小雪。

玉兰

一定有什么在白天更需要被照亮
行走在太阳底下
我的影子，总递给我一些
烫手的黑暗。
一定有什么
需要太阳之外的光芒
这光芒洁白、冷静，从每一根树枝的
顶端，照到我的深渊

这些昆虫、飞鸟的灯盏
这些可以触摸的月亮——

我的女儿第一次来到人间，她需要一棵玉兰
开花，并把其中一朵
落到她的脚边。

“妈妈”

那只是一个声音。
和她耳朵上的小绒毛一样
只属于她。

后来才属于我
后来就是现在。她已经熟睡

而那个声音——
不，当它也随着她长到一岁半
它不再只是个声音、词语或
称呼……

我看见它长久地
悬浮在空气中
像仙人球开出的花一样明亮

又那么立体
充满着整个人类的感情。

亲爱的女儿

她睡着了。睡着的人
有不自知的深刻和美丽
我祈祷更多快乐穿过
那深深的梦境
来到她的脸上。
在黑暗中，每个细微的表情
都让人着迷
窗外下着大雨。我却透过她
薄薄的皮肤和黑睫毛
看到那个内在的世界——
她像只鹿一样飞奔
周围是开满花的长日照植物
有几朵被碰落了
正是那些自由
而晴朗的香气溢出来时
照亮了我。

最初的分离她没有哭

我一直很想知道
我的女儿是怎么想的
当她静静地看着我走过斑马线
走过广场

当我消失在巨大的石头后面
我想她的小手
还停在半空——

她还不知道挥手就是告别
她挥手的姿势
还那么天真、生涩。

最好的早上

一只小兽把大雾驮走
就在清晨
我透过一双两岁的眼睛看见了。

我们趴在窗子边
世界就在外面
远方的红色屋顶变得清晰

这是多么难得的美好时刻
我们打开了各自的
飞行系统——

她让我无比专心地学着鸟叫
而我没有了
一丁点成年人的疲惫。

她还不理解“有多爱”

她已经完全理解了“谢谢”
并把这个词，用得得心应手
甚至在谢完以后
还要拥抱我，甜甜地说出
“我喜欢妈妈。”

她总让我惊讶
尽管我们每天都在一起。

“我多么爱她，她融化了我。”
我很少能这样
老实而直接地表达。
却时常，对着这个两岁半的
小孩撒娇：
“你爱妈妈吗？”

她当然会说“爱”，但当我
追问有多爱时

这个小小的人儿，总是陷入
庞大的思考中——
那么纯洁，那么无辜。

石榴记

去年我们做过同样的事
她的手掌更小
向宇宙索取的意图
尚不明确
但今天，我看到她
快两岁的手指天赋异禀：
如何从果皮内部取出发光体
而不伤害到
它的光芒？相比而言
我是个
笨拙的同伴。但比起沮丧
我有作为母亲的
巨大快乐——
她会吐籽了，她知道如何
从一粒
微小的星辰中
获取浩瀚的甜蜜，并放弃她
不能把握的部分。

在秋果路

树叶落在一只鱼形气球上
两岁多的小孩笑起来
月牙儿一样的眼睛
真是好看——是这里
唯一还没有进入秋天的事物……
我承认，我是一名哀伤的母亲
在这棵树下坐了两个小时——
如果石头有知觉
石头也在为我们受苦。
我的女儿手上还扎着留置针
她逐渐体会到具体的病痛
但对针尖之外
更庞大而无形的人间疾苦
还一无所知。

糖

看到她哭红的眼睛
我就心软了。
买一支草莓味的棒棒糖吧
她又可以变得那么欢喜

真希望她等一会
再撕开糖纸——
想起年轻时，我总是无法忍住
对喜欢的人说话

真希望她能不那么像我
再等一等吧
尽管她还不需要懂得
什么才是真正甜美的忍耐。

一种幸福

在床上摊开自己
像被推倒的房子那样成为废墟。
这是理想的状态
每天从同一片废墟中醒来
但不自知。
这要感谢我的孩子
她睡得比我早，醒得比我晚
她总是随心所欲地把身体
丢在床上
就去做自己的梦了——
被留下的世界
小而宁静，只有我挨着她青草般
鲜嫩的小身体
不自觉地恢复某种活力。

我没有一本崭新的书了

只有孩子才能画出

这样的线条

在书的扉页。

类似青草、海浪的叙述

她想要表达什么?

她什么都不需要。

一部分色彩爬上她的手指

甚至脸颊

噢，这鲁莽的小动物

她总是以自身的洁净

毁掉

另一种洁净。

女儿与羊

她想把最爱的饼干分给小羊
可惜在山中并没有遇见。
只有很多房子提供美味的
烤全羊。
我特意指给她看——
她不可能从烤炉上翻转的肉质平面
联想到在老家
喂过树叶的小羊
或者别的任何一只羊。
但她的确一块也没有吃
并不是真的领会到某种残酷
只是不符合胃口
大多时候，她蹲在桌子边喂
一只橘猫。

未来的少女

她穿着毛茸茸的衣服
站在被刷成绿色的卷闸门前。
这是近来天气最好的一天
阳光透过茂密的香樟树叶
照在她右边的脸颊
我看着她，想到已经很久
没有这样凝视一个人——
有一刻她低下头去
光从她的脸颊跳到耳垂
我突然确定她为什么这样美丽
“因光短暂的沉思。”

古老游戏

你想捉迷藏吗
把脸埋起来
就以为看不见的那种——
与这个三岁的小孩
在狭窄而多彩的屋子里

你想捉迷藏吗？
不是静悄悄躲起来
而是大声告诉这个深爱的人
“我在这里。”
然后一起咯咯咯笑个不停的那种。

野蛮的快乐

我小时候
也这样拿着苹果在桌子上
又敲又摔

我当时也只不过三岁
或者两岁
甚至更小。

你能原谅这种小吗
如果你也是很多年后
才意识到

当时的小
已经有能力
伤害到一只苹果的甜蜜。

上山途中

仙麋湖，仙麋湖。
内在的激荡在指示牌上留下地址
一切都是虚无吗？我并没有遇见这片
迷人的高山湖泊。
如果存在，就收起对世间的失望
或者看看小女儿吧

命运的波纹尚且年幼
还只会背一首唐诗。

一棵树

在过去的很多个早晨
我都路过那里
只有在一场深刻的雾中
我才见到了那棵光秃秃的楝树。
其实在我的儿时
它就站在那里
它至少看着我从六岁
长到十三岁。
我离开了太长时间
但并没有忘记它——
忘记是建立在存在的基础上
而它从未真的存在
直到我三十岁以后
牵着小孩经过它
并从路旁的荆棘与茅草丛中
捡出它的串串果实。

永恒的矛盾

女儿每次咳嗽，都要看我一下
这个世上，有太多
我无能为力的事。
她生病，我就带她去医院
总要扎手指血，开一堆药。
回家看完所有说明书
网上再搜一堆治疗方法
最后什么药都不给她吃
只喝温开水。
在女儿更小时，她每天深夜
莫名哭闹
各种安抚无用。奶奶让我
带她去屋后跪拜一块大石头
我听了。
有时我也会主动祈祷菩萨、各路
神灵——

初为人母的这几年，我总是
对什么都信一点，又对什么都
有所怀疑。

在路上

那个妈妈满怀抱的东西
大概就是些日用品
她年幼的女儿问起路边的茄子花
甚至用手指，触摸了
刚结出的小茄子。
几个初中生走过来
最边上的女孩一边吃着冰激凌
一边提到第五章
以及 D 选项
还有更多与我
擦肩而过的人
每一个都让我着迷。
她们身上有着某种雀跃的东西
让人充满对未来的希望
又很想回到过去。

自由之海

读到唐朝晖的《岛屿》[①]
想到另一个人的四十岁
另一个人……如果存在的话
她正在十年后的海上漂浮
那是一艘怎样的船？
我不知道。她在那里等我
在海风中，那样平静
头发遮住了她的眼睛
但我知道——
她正注视着我
像注视着遥远的海平面上
一只模糊的鸟。
那就是想要的生活？
在多个岛屿，迷人的景致
让她动过要永远留下的念头
但最后，还是回到海上
没有人比她更迷恋
海上那样赤裸的

阳光和风暴。
但踩着坚实的甲板，她同样
想念松软的泥土
像想念，岸上的女儿。
噢，亲爱的女儿
十年后，刚开始发育的身体
正需要母亲引导她
为这世界贡献新的神秘支流。
——无法想象
没有母亲的孤独。
所以另一个人真的存在吗？
永恒的波浪没有脚
但仍替一条空荡荡的船
走到了十年后的大海中央
——她在哪儿？

①作家、诗人唐朝晖的一首小长诗。诗人曾在南太平洋旅行46天，到过许多岛屿。

百年孤独

十一年后，人类将实现永生

这是一条让我

毛骨悚然的预言。

我到过最远的地方是马孔多[①]

最近的，是身边人的梦中。

曾对死亡不着迷

也不畏惧——

死亡就是玫瑰味的海水。

有了女儿后，我却是怕死的。

我想看着她长大，有自由的爱情

我想足够老

有梦幻般的恍惚……

比起永生，我更需要一个机会：

怀着热烈的不甘

对每一个深爱的人说

来世再见

尽管我对来世的理解
最初源于梅蕾黛丝浴室飞出的一只
黄蝴蝶。

①马尔克斯小说《百年孤独》中虚构的一个城镇，是布恩迪亚家族的故乡。

理发店

推开门进去
把对美的信任交给一个陌生人。
他说喜欢我花一样的面孔
花有很多种
不见得都很美丽
他领着我进入一块玻璃中
告诉我，别动。
他花了两个小时挤掉
我头发上的海水
但波浪还留在上面

这符合我的期望
一个陡峭的人，有了点线条。

第二辑

歌唱的云雀

043 — 088

为什么写作

你知道吗，云雀可以
一边飞在空中
一边歌唱

不是所有鸟类都能这样
甚至
只有少数的鸟才可以

南方没有云雀
但我想要
云雀出现在我的这首诗中

不是一只，是一大群
是很多很多，在专注于飞行时
还能歌唱的云雀

你知道吗，它们歌唱并不是
因为幸福
而是想要，获得幸福。

良缘

在陌生小镇的第一晚
听到洗手间的水龙头在滴水——
呐，每个人迟早
与一只拧不紧的水龙头相遇
然后遇到生命中
最澎湃的一滴水
它带着万千山川的倒影与
河流的幻觉
沿着漆黑的管道到达
它知道命运的出口与容器
知道如何纵身一跃
知道它那充满光照的破碎与愈合
将产生美妙之音
并在一个人寂静的胸腔
长久地轰鸣。

速写

光照在羊背、草叶、石头
和照在人脸上
有些微妙的不同。
光在人身上学习到脆弱
尽管从不哭泣。
但光照在你脸上时总要
暗下去
很难分清那是光的阴影
还是你本身。
有时，你是真的很高兴
是光穿上你的衣服，替你站在
世界前面。

似是归途

天突然暗下来，多了一点
清冷的意味。
抬头看到很多鸟雀
从两个方向扎进同一棵树中
那是一棵很大的香樟
叶羽已经更换完毕
它在原地起飞过很多次
有些飞翔只在心中完成。
你想到这里时
已走到了它的前面。
但成串的鸟叫声又抓住了你
很想知道
把家安在那么高的地方
是什么样的感觉?
空气中突然充满晚餐的香味
也许，正是从红色房子三楼
飘出来
这些气味径直找到你

告诉你，那就是你的家

对面住着的

就是那群刚被你羡慕的鸟雀。

繁星

从来就没有拥有过真正的黑暗
即使闭上眼睛。我试图理解，我和星星的
关系，我们是否曾彼此照耀？

从来没有真正的距离
我尊敬的星星。有一刻我觉得
夜空拥挤，我甚至想让出我狭窄的身体

我承认爱和怕一样，让人虚弱
但我仍想要更多。我承认这卑怯又充满
骄傲，我按时熄灭自己。

亘古的雪

远方传来下雪的消息。
每年冬天
是同样的雪替我们安慰了
千里之外
那个童年的自己。
那个脸颊冻得通红
仍在竹子弯成的拱桥下
钻来钻去的小孩。
那是一扇隐秘的门，我们
从来没有进去。
或者是，在这一生中
第一场雪来临时
我们走了进去，就再也没有
出来。

梦见你

梦见异常美丽的天空
梦见无边草甸
梦见蝴蝶翅膀上隐秘的门
梦见挂满苹果的树
长在船上

梦见马，穿着海水的衣服
梦见破镜重圆——

没有人像我这样
愿意全身心地投入到
每一个黑夜

在现实中如此平庸的人
做起梦来却天赋异禀。

一只小黑狗

很多个不下雨的早晨
它被拴在马路边上。
看不清绳子，但我知道它被拴着。
我确实感到惊心
一小团黑夜就这样被拴着。
为什么不叫唤，也不跑动
四面八方都亮起来了
它还温顺地黑着。
当我走近，停在它毛茸茸的
轮廓中，我还是感到惊心
——不要掉进它的深处！
但它又这样纯洁，让人牵挂
我新的一天刚刚开始
它新的一天已凭空消失。

闭上眼睛

至少有一颗露珠
在自己身上，听到汩汩流淌的水声。
想起黑塞也曾聆听
“血液的簌簌低语”。
我蹲下来，也如此渴望
在草叶上摊开身体——
天地的辽阔性
仅仅在于如何摆放
自我的位置？
狭窄的自我，迫切需要放弃
多彩的感官。
我悬浮在纯净的黑暗中
像试飞的鸢，在高空完全挣脱自己时
突然意识到
静止才是极致的飞行。

天才蔬菜

香菜、紫苏、茴蒿、薄荷
还有生姜
它们是蔬菜中的天才吗

要多有想象力
才能创造出这么好闻的
自己。

下辈子我也要做棵
这样的蔬菜
可以不好看，但一定好闻

且永远
只被少数人深深地喜欢。

特异功能

最后一次在云南泸沽湖边的
小村子
看到一株向日葵秆，开出了
七八朵花
每一朵都有不同的表情

这是一种让我望尘莫及的能力
我从来没法，让一具孤零零的躯体
看起来很热闹。

早晨真是可爱

远处山峦白雾缭绕
近点儿一只麻雀正从芦苇茎上
飞起——
麻雀消失了，芦苇还带着
那点弧度在动荡
那是和我毫不相关的动荡
那是什么风
也吹不出的动荡
无知，无尽
却让人喜不自胜的动荡——
只有这样的动荡过后
我才有点理解马尔克斯式的
美丽哀愁。

土豆啊土豆

别人家的土豆才种下
我们家的土豆就开花了

白色的，
像一群二十几岁的星星。

等别人家的土豆也开花了
我们家的土豆已经爱过了。

地下星星挨着星星，最好的
黑夜，都没有被辜负。

动静

晾衣绳上的衣服在轻轻晃动
和风没有关系。

它们动得
那么自在、健康、美丽

我愿意一整个下午，都坐在椅子上
替它们，保持一丁点儿克制。

充满色彩的虚无

风吹啊吹。红的，蓝的
橙的
飞啊飞。

上学期结束时
就觉得幼儿园门口的气球
像串甜梦

转眼又开学了，这里挂着
新的气球
在风中仍是雀跃

以前觉得气球真适合小朋友
现在发现
是大人更需要这些。

候鸟

数不清的，一群一群地
在数千米高的夜空中，像被上帝
挪动的火焰。
二十九年来，第一次遇见
候鸟迁徙
最开始是无数脱了壳的星辰
从头顶消失
后来才是一群鸟
一群要去温暖之地过冬的鸟
也是一群

一生只与我见一次的鸟。
在后来漫长的仰望中，我确认——
它们中的一只，也透过这茫茫夜色
看见了我。

种梦人

是啊，没有理由想起
一块荒掉的地
也没有理由不想起。

我是一个没有地的人
有也不会种。庄稼、花草
有时和梦一样，又不太一样

当我路过这里，止不住地关心
这片再无人料理的地
除了稻黍，会生长什么

——无论什么，我都该感到
生命的喜悦
这一大片洁白的花

是慈姑吗？梦中美丽
而清冷的植物
在无人之境率先恢复记忆。

捕露者

在刚过去的清晨，我跪在地上
渴望再一次通过露珠
与另外的世界
取得联系。
我想倾听到什么?
在寒冷的冬天
我感激脚下，仍有嫩绿的草叶
每一颗新的露珠
都在料峭的草尖上
获得了一种我无法企及的高度。

树林深处

这是一个晴朗的上午
挨着小河的树林还是昏暗的
也许它每天都是如此
直到一群孩子闯入。
他们在树与树之间穿梭
空气中充满
欢快的双脚在落叶丛中搅动的气息
这气息如此明亮，美丽
却只被我一个人察觉
这察觉因晚了二十多年
又如此惊心——
七岁的我蹲在这群孩子中间
正孤独而深入地
清理满鞋的泥泞。

超级月亮

把一片毛茸茸的树叶
随手夹在诗集里。
页码不明
“我和你在人世间，不再团聚。”①
早春的气息和往年一样
书里还能找到
山崖上的樱桃花。

夜晚更适合阅读
用嗅觉。

这样可以原谅
黑暗中从未听到鸟叫，也从未有人
看清过自家屋顶上的明月。

① 俄罗斯女诗人阿赫玛托娃《梦中》诗句

日常礼物

带着一身疲倦走在路上
一片彩色的树叶落下来

能理解这种好意吗?

一棵你从未留意的树
竟用自己的痛苦——

做了一片美丽绝伦的树叶
送给你。

一小段路

每天至少走两次。
在春天，有凋落的海棠花
跟着你走到它中间
秋天有银杏叶
但很快被风或车轮带走。
有时你真想要感激
正是这些转瞬即逝的，安慰了
一条被你磨损的路：
洁白的斑马线布满裂纹
充满感情的裂纹
这让你不愿意相信
路只是平面。不相信
它只是面无表情地
等着每一个人经过。
一年将尽时，你有着强烈的愿望：
推开这条路的虚掩之门
走进它宽敞的内部。
或者，你想要自己躺下

换这条路站起来

带着与你相似的冷漠或深情

从你身上到达

它的理想之地。

中秋之夜

推开玻璃窗三次。

第一次探出头

第二次探出了半个身子

第三次，终于看见了月亮

你看世界那么大

窗子替一个人圈下的天空

小得可怜

但月亮还是出现了——

从无边无际出现在这种小里。

从无数人的天空准确到达

我的天空

我如愿以偿。

像所有抬头仰望的人，在今夜

不是被可怜

就是被爱。

鸢尾

早晨走过一条小路。
围墙下开满了白色的花
我并不知晓
它们的名字。也没想过
开口询问

也许你叫它们，鸢尾呀
而我称呼为
有缝隙的光明。

可是这有什么意义，我们消失时
它们大声地呼唤自己
小白，或者莉莉安。

被完全照亮的人

每天都要走过的一段台阶
在今天才发现
它恰好通往落日。
寻常的落日，你说不出
和昨天有何不同
但不应该错过。
几片树叶替你托举着它
在正前方，等你结束一天的工作
等你站上最后的台阶
那么多温柔而准确的光线
在你身上突破新的底层——
多么艰苦卓绝，你第一次
主动献出自己的阴影。

正在失去的

年幼时就知蜻蜓低飞

意味着

大雨即将来临。

有时并不准确，那么

轻灵的生命

并不为预示什么而存在。

我宁愿那只是美的

在阳光下通体透明

可以被忽略

又恰是被天空和大地

同时需要的

一点美。

我一直不知道

它们飞向了何处

与蝴蝶如此迥异，少有入梦

或不曾入梦。

也不知真下起雨时

它们在何处停留。

认命

又一个早上醒来——
我的确已经醒来
但没有睁开眼睛
我摸到自己，发现整个人
是由黑暗做的

是刚过去的夜晚，没有深浅的
那种黑暗

有一瞬间我感觉在漂浮
在远离自己的躯体、五官
但又总有些什么
沉甸甸地拽着我——
那就是我的心吗

一颗装有所爱的心。却常被
孤独地用于这世上

启示录

1. 上天厚我

不如这样吧
我是个被宠坏了的人
无论再过多少年，多少失去
多少我想要哭泣却不能
落泪的时刻

我都能如愿看见这
漫天星辰

2. 星星厚我

是的，星星真多啊
一颗两颗三千颗
值得伤心的人数一个晚上

但我只是看着星星
真不好意思
星星也在看着我

像看一朵花一样看着我
也像看一块石头一样
看着我。

3. 你厚我

如果没有漫天星辰
我真不知道今晚怎么过
如果没有
这些星星的远
我真不能发觉
我们有了最好的距离

4. 黑夜厚我

无人在我的耳畔低语：睡吧
宝贝

无人再在意

心死之人
如何把身体留下
去别处沸腾

我夜不能寐，是每一个夜
这样的夜
我决心不再做梦。

在飞机上

茫茫大海总让人着了迷
何况是天上的海。不是虚无却更似
虚无的海。
我身在何处？此刻在遥远地面
仰望天空的人
能否辨认这海风中
我以徒手之力攀登浪尖的声音
——是凝固的浪尖。
如果人间有高度，这就是
我能到达的最高处。
可对于命运的悬浮者，这也是
最低处？
茫茫大海总让人着了迷
何况是内心的海，不是深渊却更似
深渊。

立春

如果在这一日我还不觉得哀伤
以后我都不会再哀伤了

整个庄园里，只有我们
只有蜜蜂追着洁白的草莓花

外面是两排水杉，那么高的水杉
率先感觉到了雨

如果在这一日我都没有顺便苏醒
以后就再也不会苏醒了。

一场雪

早上出门才开始下雪
中午时万物已一片洁白
而傍晚再出门
看到几只麻雀落在干燥的地面上
树叶上一滴水都没有——
那么大一场雪
连同孩子们生气勃勃的脚印
说消失就消失了
就像从来没有来过，就像只是天空
或者大地
或者我
或者只是其中的一只麻雀
大梦一场后就醒了。

天空之城

1.

深夜极静，很长时间
我的耳朵才从窗外的高枝上
取下一个声音：
那是一片椭圆的树叶
它已经走到了
一种色彩的顶端，坠落时
整个天空是悦耳的。
但仍有什么让人顿生悲戚——
我想到曾有一双疲倦的鸟翅
擦过它的背面
在后来漫长的飞行中
仍沾着它独特而清新的气息
但再也不会相遇。

2.

有什么正从屋顶撤退。
它毛茸茸的呼吸
与瓦片摩擦的声音惊醒了我
一种崭新的宁静到来
我听到鸟叫。
鸟。一片立体的树叶——
它在遥远的枝条上叫我
像叫一个
站在黑夜末端的同类。
我不知道如何回应
是带着满腔天真，还是世故？
推开窗户时
我只是想再次确认
它是否真叫出了我的名字。

3.

尝试去了解梦境般的东西
比如一种鸟类

它的声音让清晨具有
多层次的寂静。
我的耳朵
也尝试过真正靠近这个声音
主动理解与完成它的轮廓
甚至去触摸
我这一生并没有机会抚摸
却仍要想象的
柔顺而温热的羽毛。
这是听以外的能力，当一双耳朵
放弃我而在世上独自追逐。

写诗时

把那个在超市挑选甜豆
感到快乐
羡慕有香气的苹果
对洁白的牙齿无法自拔
和孩子看动画片同样
哈哈大笑的人——
像给一片树叶翻面那样
翻过来吧

这时，我就是一个在悬崖上
试翅的人。

想哭的两个瞬间

那只星球把它的光线

千里迢迢地送过来

送给我的窗玻璃、书桌、正敲击

键盘的手指和一颗

恰恰需要点光

才能带着我继续活下去的心——

没有时间孤独，也没有时间

去爱（爱难道不该占据我们整个生命？）

世界以一种疲倦的力量

抓住了我

直到我走出门去

在午后学会深深呼吸

再走进办公室，才看见另一只星球——

纸杯上的橙子。

它并没有同样给我光线

但在我离开之际，它把它的香味

铺满了整个屋子。

融化

有一种鸟叫肯定特别好听。
就像一群孩子，飞快地跑过树下

这时，雪簌簌地
从枝头上落下来

地面的每一双脚印，都会自己走回去
找到消失的人。

墓志铭

问出的话是黑色的。被答出的
是皎洁。我活在低处，但高空必然
有颗与我重叠的星辰。
我有幽静的伤口，在躯体之外
我有浩瀚的爱意，但拥挤在一滴雨中。
我数月前埋下的花种
一朵芽都没有长出，我无梦可做。
但亲爱的妈妈
一个人最后毫无骄傲可言。我能爬上
悬崖，却爬不过自身的陡峭。

第三辑

向内的闪耀

089 — 136

十月

我从未感到悲伤。但他人的哭泣
让我满眼泪水。
无名的野花，红色果实……
我拥有很多年类似的记忆。我从未想要
获得什么
但真切的空荡，仍让我颤抖。
我知道上帝并不存在
但我又时时着迷，每一片坠落的树叶
正从拥挤的上帝中穿过。

追不上了

从他的死亡中，奔跑出
一匹烈马
你看见了吗？你不可能看见
我也不能。

我的姐姐也看不见
但她骨子里
还有股劲儿想要追上它
是悲痛的劲儿，欲绝的劲儿

是天塌了
地裂了，又不得不站着的劲儿
你看见了吗
她身后还有两个孩子

你不可能看不见。
我也不能

她十七岁就爱上他
我曾为她的爱情感到骄傲

如今她就要满三十一岁
在数日前，终于抱着他三十二
或三十三岁的骨灰回家
你看见了吗

我年轻的姐姐只剩下空壳
噢，不，空壳里还有十几年
热烘烘的回忆
你也在号啕大哭吗？

爱情只有开始，没有结束。
老天没有私奔过，不知道其中有
多甜，更不知道
最后有多苦。

晴天在屋顶避难的人

太阳对于穷人多么重要
在屋顶，我们能得到的更多。

并不会有很多这样的日子
可以什么都不做
一直坐在光照耀的地方——

有三只羊在吃灌木上的叶子
我的女儿趴在栏杆边看得入迷
她后脑勺上的头发闪着光。

雨水从底部进入生活

其实还有晚樱在开。

这样的下雨天

它们落起来，是整朵地落

当我走到丁字路口

就是那个

可以望见一排晚樱的路口

突然感觉到左脚湿了

真让人羞愧啊

为了更好的生活

每天努力工作

尽量按时回家吃饭

陪两岁半的小孩堆积木

或者捉迷藏

也认识字母和数字

但这并不顺利。

除此之外，我还做了什么？

珍惜短暂的走路机会

相信春天的正确性，在它优美的

秩序中

撑着雨伞看樱花

但鞋底磨破了——

这样的小事，竟需要老天

来提醒。

致里尔克

让我先扫掉你眼睛里的落叶
好久不见

秋天总是从你那里开始。再差半个月
我就能习惯新的冷冽

有枚石头向我借打火机。“你不知道吗，
太阳有时也无法点燃自己。”

我相信了它。就像承认了黯淡
但奇妙的是

多黯淡的人，流出的泪水都如此闪烁。

百合

暮色中，能看清的
不止有梨树，坟墓
还有一支开得正好的野百合。

小时候去放牛，也是这样的夏天
我看到了它
我去牵它手，把它领回家
我总觉得
这花儿在赤着脚走路

多美啊，但那时我还不懂怜悯和
爱，而今悲伤地走在
这僻静的山路，我只侧身让开了它。

致陌生人

我们都太孤独了。但走进
餐馆
仍会选择无人的桌子

冬天多雨，阴冷
比起开口说话，冒着热气的面条
更让人心窝一暖。

我们都太孤独了
但刚走出门，就闻到蜡梅香
像无偿获得一种，很深的情谊。

静止

钟表上的时间，永远停在了
九点四十二分
零八秒。

与其说它坏了，还不如相信
它对这个尘世，终于动了恻隐之心。

幸存者

这世间已为每个人准备了
千万种死亡方式——
让肺部变成干透的丝瓜
与公交一起坠湖
像鱼一样被洪流卷入深渊
……每天早上醒来
我知道自己是幸存者。
夜里入梦
我也只是做着幸存者的梦。
如果乐观一些，上班路途
我会给芋叶上的水珠
拍照，只是拍照
如果问我期望怎样活着?
想做一个水珠研究者。
狭窄一些，只是芋叶上的
水珠研究者：
它们从何而来？消逝于何处?

我知道明天，提起死亡
仍不胜悲哀
但在这辽阔的芋叶上
死亡只是一种向内的闪耀。

疾病

身体上的少量疼痛
让我保持喜悦。现在我们
已经走到了
冬天中途
它比我活得宽敞。
这并不容易，我能接受这些——
我怀着塌陷的群山
活得越来越小
每一棵草木
都用过我微弱的心跳了。
但这样的世间
并没有真的恐惧，恨也没有
只有些持续的寒冷
让人活得更为真切。

芬芳记

等到三月，气温回暖
很多大门不出的人
在阳光下露出半融化的面孔
好日子就临头了
不，真正意义上的好日子
我们替猫和狗
躺在树下
而它们替死去的人爱惜痛苦。
就是这样的好日子
这样的好
这样的日子
到处是
好好活下去的灿烂冲动
所有去年的花枝
都在我们表面坚硬地苏醒。

满地珠子

这样一个寻常的早上
从幽暗的巷子里钻出来

日复一日地
需要头也不回地赶往地铁站的人

突然瞥见
路边的草丛里挂满露珠

啊，这到底是一种怎样的幸福
又是怎样无法启齿的悲楚——

上天为了取悦我这样
一无所有的人

到底有多煞费苦心

家庭教育

谈及父母，她落泪了。

这并不是个哀伤的话题

哭泣有时仅是

一个人回到年幼时的需要。

原谅她的母亲

原谅我的父亲

如果原谅真的是必要的——

请原谅我们自己，还是长成了

和他们那么相似的人。

谋生以后

为了减少开支，我们在秋天
搬进了一栋民用房的三楼
租金很便宜。
房东一家四口住在二楼
一楼摆满了各种缘分不深的植物。
每晚十点，甚至更晚
我总听到三轮车卷着夜色
带着很厚的泥土，从市中心回来
我从未问过，一晚上能卖掉
多少盆蝴蝶兰，多少盆巴西橡胶
冬天来临时
我只是独自想象
什么样的人，愿意在寒风呼啸的
路上停下，挑选一盆植物？
疲倦的房东夫妇
在每一个晚归后，给孩子掖好被角
在同一张狭窄的床上躺下后
是否还有力气
彼此间说点儿毛茸茸的话。

番茄

一株番茄为自己开花
为照顾一个人的愿望结果。
唯一的果子，呈现太阳的颜色
但植株开始枯萎。
我看到它内部的斗争
在高楼窗台的狭小之地卷起风浪
我们再忍耐几天
是各自忍耐。
当果子足够通红、喜悦
并被一个小女孩握在手里
那种新鲜的死亡才会来临——
其实它比我更早地放弃了自己
它比我更了解
没有一个人，会为了救一株番茄
而倾尽全力。

第三种意味

这条鱼昨天就已经死去
在今天，才把它的生命意味
铺满整个厨房。
茂盛，悲哀，让人不知所措。
想起起床时
亲吻女儿的后脑勺
她头发间的汗味
是另一种生命意味。
厨房并不存在宿命与哲学——
我从来拿不起刀子
为自己果腹。
但活下去，并没有真的太讲究
我尽量想些美好的东西
即使双手沾满鱼鳞和鲜血。

一种存在

小时候去山里捡蘑菇
常遇见坟墓
大多是孤坟，覆满了草
远远看一眼
静得可怕——
一个人要用很多年
才能接受这种静。
当我停下脚步
理解这座坟墓时
仍不知道它埋着谁
但我确定
死去的人已经不在很久了
隆起的土地，却从未空着
一定有什么住在里面
像一本书
穿着它深绿色的封皮。

新年好

只有对生活满怀热爱的人
才能用原来看星星的眼睛
看焰火

只有用看星星的眼睛
毫无差别地看着焰火的人
才能拥有夜空

只有真正拥有这崭新夜空的人
他们的眼睛里没有焰火
只有活着的光辉。

在白鹿寺

我已无所求。
但不是真的一无所求
对碰见的菩萨
仍要跪拜。
说点什么好
普通的愿望不能大声说
旁人会听见。
也不能
只在心里说
菩萨可能听不见——
我真的没有想要很多
只怕菩萨慈悲起来
不知轻重。

自我主义

一棵树，通过开花
让我们远远地识别了它
也通过落光叶子
让我们再一次经过时
说不出它的名字

——这是什么
——那是什么

要庆幸这个世界总有
崭新的孩童
在不断真挚地询问——
而成年后，我们从来没有真正的
困惑
对自己之外的事物

也从未有真正的关心。

普通生活

几年，十几年，甚至几十年
在我所见的每一个清晨
他都牵着一头牛在田埂上吃草

为什么不把牛赶进更宽阔的
草地或山林？小时候我们放牛时
还可以打扑克、摸田螺……

几年，十几年，甚至几十年啊
我凭什么笃定这种人生毫无意义
他比每一头牛都熟悉草的香气。

赞美诗

是的，我过得还好
只有过得还好的人
才会在路上停下，细看几株
寻常的野花。
花褶上的水珠
每一颗，都有雨过天晴的
闪烁。
是的，我竟然还有余力
没来由地欢喜
只有过得还好的人
才能带着一双本来苦着的眼睛
把这个世界越看越甜。

好人都该这样

出门时把衣服穿在身上
和衣服交换生命力。

回家就忘掉脱衣服的羞耻
那只是成年人的羞耻。
公众的羞耻

夜晚清洁衣服。
抚平衣服上每一个褶皱
不让衣服承担从外到内的艰苦。

离婚的女人

红色罐子以前装的是茶叶
今年换成上好的枸杞
一个生在伊犁，最后
定居苏州的善良女人
把它连同几袋红枣寄给我。
我们见过一次
在地铁口，她主动拥抱我
我现在还记得她头发间
寂寥的香气。
她独居的房子，小而洁净
阳台上摆满了植物。
夜里我们躺在同一张
床上，盖不同花纹的棉被
她说，我听。究竟是
属于黑夜的话
次日醒来我就忘记了。
她在厨房给我烙饼时，桌上
已经放了几样小菜

胡萝卜与土豆丝切得精致
精致得让人感伤
分别时让路人帮忙拍了合影
那天阳光猛烈
我们都用手挡在额前——
这是我极喜欢的一张照片
我和一个最适合幸福的女人
站在一起
她的眼睛沉浸在阴影中
但嘴角挂着笑意。

活着

早上醒来，手机屏保是
一段彩虹
她笃定是吉兆。

而三小时前，她还在写遗书
也不算遗书，只因
心脏不适
她给当警察的朋友
发了封邮件

那是长期有效的交代
重点提到了银行卡
尽管里面的钱为数不多
但除此之外，她还能给父母
留下什么？

好在今天依旧醒来
不然把一个自己都不在了的人世
托付给另一个人
真的过于沉重。

命

在除夕的前一天
步行街比任何时候都要热闹
女儿想要一只气球
你拒绝了她
蹲在街道中央
看着各种容器里的
金鱼和小乌龟时
你想要她从中挑选
“养不活的。”
身边的丈夫大声替你说出
心底的声音
你们只能空着手继续
往前
直到再次看到一堆
密密麻麻的绿壳小乌龟
你盯着其中一只
它动得那么无声无息
而周围涛声澎湃。

悼——

今天是大年初三，在路上
遇见的陌生人
对我说新年快乐。
今天也是情人节
我笑着祝福朋友们
“如果有人永远爱你
那是最最珍贵的
如果没有，永远有人爱你
那也是极好的。”
今天我的小孩也很乖
在火车上
和邻座的小姐姐趴在窗边
边聊天边看风景——
就连天气都那么好
阳光在两个女孩
小小的后脑勺上
投下美丽的光晕。
还有三个小时，我就能到家

拥抱母亲
对她说最吉利的话。
比如今天的一切都那么好
好到我都不能承认
今天唯一的不好
就是这个世界没有了你。

何为故土

人死后，都去了哪里
没有谁能告诉我
这是好的。
在乡下，并没有整齐的墓园
这也是好的
想过很多年后
我也被埋在山里或山脚下
总之，挨着山就好了
到处都是蓬勃的草木
它们幽深的根部
总是提醒我
我有一个永久留在人间
四季开着不同野花的屋顶。

海：橘花

车行驶在乡道上，开阔、宁静
路边一些田地，开满了紫云英
这是四月的一个下午
我几乎要忘记，是去参加一场葬礼。
即使到达后，与逝者的妻儿
相互行礼时，我仍感觉到一点
春天的光明。
我偷偷打量，他们穿着黑衣
面容疲倦但完整——曾有过的
撕裂情绪，已作为环境悬浮在
他们外面了，这多少让人轻松？
我听到哀乐——
从一只隐秘的音响里传出来
在鞭炮声停止时，显得柔和、必要。
然后我才看到停放棺材的棚屋外
有两棵橘子树开满了花，很多花
（要有无数双手，包括逝者的手
才能捂住的花）

我很高兴没有听到人哭。只有这
洁白的香气在制造动静：
说不上欢乐，也说不上悲伤
说不上存在，也说不上流逝
——我从未见过逝者，我想
我们最大的缘分，就是挨在一起
听一听这橘花。

海：老孤儿

在楼下菜园的一面土墙上

看到有人刻着：妈妈，妈妈…

字迹稚嫩却又惊心动魄

这让我想起村里的一个孤寡老人

他曾多次抱着门前的梨树

号啕大哭

——年幼时

他就听闻母亲埋在树底下

很多人听见过他喊：妈妈，妈妈……

但我知道，他从未见过母亲

最后也没被那棵具有人类血统的

树抱过。

海：读《凡·高传》

那个脸上沾着地中海浪花的人
终于死了。在我的手指下
在微风送来黑夜气息的窗前。
他早就死了。
在书页翻动时，在鸢尾与向日葵
重新开放的间隙

在一封信通往百年前的途中。
我寄给他的，我寄出
这种遥远的死

但在这两年，我坚持替他活
带着诗人而不是画家的狂热与孤独
越活越不耐烦。
在今天傍晚，他终于死了
死在唯一爱他的人怀中
（噢，亲爱的提奥）

我不知道为什么落泪——

哭泣很多余。是我完成了他新的死亡

用一种他尚未使用过的色彩。

海：城中村

我们住在一座消失的山上
这是第三年
每天走小路去幼儿园

路旁是小块小块的菜地
还有几座不起眼的坟墓

油菜花开时，我的小女孩
总要在花丛边停留一会
而今天，她蹲在一座土堆前——

那是一朵幽蓝色的小花
开在墓碑左侧
在雨水中像个闪亮的礼物

石碑上的字刻得很浅
已经看不清名字。但我猜里面
住的是一个慷慨温柔的人。

海：祖父

1.

不知那是柏木还是楠木
他躺在里面
躺在一棵树的局部。
我像几天前凑在床头看他一样
同村人在一旁举着烛火
我如愿看见了
他的脸。
是的。我看清了
他那张对世界关闭的脸：
光秃秃的，一无所有。

2.

凌晨三点锣鼓声息
他的二女儿拂去了木棺上的香灰

他的小儿子拨了拨地上的油灯
他的孙女为天上
繁星闪烁
感到从未有过的安慰

我知道他就在这里——
不是站在我们身边，就是站在
那繁星之中。

3.

第三个夜晚，我终于
梦见了他
不，不是我亲爱的祖父
只是梦见了一个人的死
他在桌子下躺着
看不清面容。
我歇斯底里地喊着
是我的祖父
我的祖父死了
在梦中我已准备好悲痛

但依旧只能为没有大声哭泣
而羞愧。

4.

奏乐的，舞龙的，哭丧的
在灵柩落地时戛然而止。
一切都结束了——
我跟着人群
穿过一座座坟墓
走向阳光照耀的马路

死亡曾让我们欢聚一堂
现在我们要把死亡还给祖父
让他获得真正的安宁。

5.

他骑着马来到我的梦中
四十多个日夜，从另一个世界

走到我的身边。

为什么不和我谈谈其中的
艰难险阻？
亲爱的祖父
让我拍拍你衣服上的尘土

也让我为你相依为命的马
擦一擦那双潮湿的眼睛。

6.

五月回家第二天
告诉祖母，我又梦见了祖父
她问他的样子
是不是和墙上的照片一样精神
我说是的
他看着一切都挺好。

事实上我并未看清祖父的脸
只记得给他点了一份外卖。

这是不能对祖母说的
这个为祖父做了一辈子饭的女人
这个在他离开世间很久后
唯一还在牵挂他的人

总担心他在那边没有饭吃。

7.

太阳在一个人哀伤的身体里
下沉得比在天空中快。
我能看见
余晖从内到外照亮她的脸
一张老迈却仍有着美丽的脸。
我替祖父看见这种美丽
因永恒的失去与想念显得这样
尖锐而易碎。
我的祖母最终陷入沉默中
正是这沉默
让我听见她心底的万千涛声
正在重建我的祖父。

第四辑

人生远不如梦

137 — 178

秋天的第一束花

有一束叫知遇
有一束叫星芒万里。还有一束
叫爱笑的眼睛

卖花不一定幸福
但至少是件和幸福相关的事。
我渴望过，有间花店
但不一定会取这样天真的名字：
想要的都得到。
你想要什么？我们长大
只能许合适的愿望

但祝福一定要最好的
我想送你一束花，但又不仅仅
是一束花。

我从未这样爱过一个人

在葡萄园里，踩着他的脚印
雨后的泥土，这样柔软
像突然爱上一个人时，自己从内部深陷

可我从未这样爱过一个人。

从未在天刚亮时，就体会到天黑的
透彻和深情。
这深情，必是在远方闪耀而仍被辜负的群星。

我真从未这样爱过一个人。

在葡萄园里，我知晓每一片空荡的绿意
却不知晓脚印覆盖脚印时
这宽阔而没有由来的痛楚。

在小桥村

当我们坐下来，田埂上的芦苇
向里挪了挪位置
田间没有水，几只鸭子在里面走动
像草返青的声音。
我们长久地坐在那儿，没有说话
有时感觉鸭子消失了
我们只隔着，一只麻雀大小的寂静
有时又感觉天色暗了下来
我们越来越小，像两只蚂蚁掉在
同一个牛蹄窝里，不知所措。

在梦中

重逢时你的样子清晰，笑起来
仍是一个孩子。
我们快速地经历了所有分别的时光
在空旷的雪地。你的一只手搂着马匹的脖颈
另一只手伸向我

这个过程只融化了几朵雪花。
但又那样漫长——

醒来时我仍想着马匹的鬃毛正透着
湿润的热气，你的手指还在轻微地抖动。

回忆

山崖上有棵什么树开了花
再近一点儿，红屋顶从竹林里露出来
再近一点儿，一只麻雀停在马路上
再近一点儿，护栏上放着竹筛
竹筛里的紫苏有种内向的美丽
再近一点儿，水龙头在滴水
再近一点儿，暮色宽松地罩在你身上

再近一点儿
不能更近了。你正在我漆黑的心底
深一脚浅一脚地走着。

再致

一个人能哭泣是好的
哭泣只是放出身体里冷却的星星。

我想你恨我。恨也是好的
恨和爱一样珍贵。

将雪暖成回忆，将回忆置于险境
也是好的。在漫长的冬天

我要先于你，熄灭河流上的波澜。
我要先于你，与自己失去联系。

渴望

有一个傍晚，我和你在屋檐下躲雨
雨下得很大，我特别高兴。

我们很少说话，我努力
回避你的眼睛——每一次对视，都是闪电

可怕的闪电
它远在天边，但仍然击中了我！

我并不是一无所求。在后来漫长的
岁月中，我都渴望雨水再溅湿我们的鞋

同样的雨，溅湿了我们不同的鞋——
仿佛这就有了相同的命运。

香妃海棠

漂亮极了
来自沙漠边缘的小动物
在某一簇被命运
挑拣过的枝头
刚好被你的双眼捕捉。

没错，我同样看见了
这种远比爱情
漂亮的果实
不，真像小动物。
被阿克苏阳光照耀而成的
活泼泼的甜
——我迟早会去新疆

即使去不成新疆，我也渴望
每天能接受十小时以上的
爱的照耀
想想看吧
我也会是个甜透了的人。

寻常理由

在如何创造美上，星星
充满灵感
在如何创造永恒上，星星犹是。
过去我擅长破碎，如一滴雨
充满内在的暴力。
如今不再年轻，却日渐温柔。
我放弃非成为星星不可
你想啊，纵使那般闪亮
离心爱的人却是何其辽远。

理想主义

我要一个这样的人。

我要爱上他

我要在他身上找到

一个可触的点

时间在这个点上怎么也

过不去。

我要一个这样的人

我要在他怀里大哭，哭掉

我所有胆怯、冷静和

偏僻的爱。

我要一个这样的人

他回头看我，带着汹涌的海水和雨

却这样安静地看我——

他不知道自己

是一个这样的人

他触手可及，他永不存在。

看海记

这并不是第一次看海

但是第一次，看见内心的海

也许是他的内心

也许是我

或只是火车上刚好

看着窗外的陌生人。

不是太深的内心

不是汹涌，壮阔，神秘……

只是一眼瞥见的平静。

那些听不见却仍被听见的波浪

那些起伏、破裂与愈合

全都在一个人

不那么深的内心完成。

这并不是第一次看海

但是第一次，除了献出一双

不远万里的赤脚

还有点别的像心动的东西。

《凯蒂的道别》

“要提防面带微笑的男人。”
很有道理。

但她爱上的人，眼神忧郁
最终也没给她幸福——
这里的幸福，是让爱笑的凯蒂
和不爱笑的布鲁诺
在一起时，她能
“把两个人的份都笑出来。”

我也曾相信一见钟情。

去旧金山吧
以肉体交换金钱的人，依然
纯真
每个小镇都有这样的凯蒂
每个小镇都会失去凯蒂。

梦见一匹马

那是一匹怎样的马啊
它那么懂我的心
我曾短暂地趴在它温暖的背上
看到河水中
我们的影子融为一体
它到底是一匹怎样的马啊
它温柔地跪下来
把我放在岸上
离去前，它亲吻了我的脸——
它到底是一匹怎样的马啊
它没有替任何人爱我
却让我醒来后
想起了所有我爱过的人。

看雪的人

下雪了。屋后的雪
比屋前的雪大
树林的雪比马路的雪大
两个看雪的人
内心的雪
比头顶的雪大。
如果还有更多的爱
就有更多的雪千里迢迢
如果还有更多的秘密
就有更多的雪——
说出我们鞋底的花纹。

当怀斯的手在阴影中移动

我很喜欢怀斯晚年的画
并选择了其中一幅作为封面
人人都会爱这窗边的少女
她的头发被风吹起
阳光照耀在她一丝不挂的身体上
不，只是照在她
美妙的胸部，如此准确。
而她凝视着远处，必然是远处
却没有渴求。

除此之外，整个房间
都是空的，深深的，细腻的阴影
——没有比这更纯洁的克制。

猫去哪儿了

一只猫在消失很久后
才动用我的回忆
五年前的秋天，在菜市场旁的
灌木丛里
我们看见了它。
一个人消失很久后，我才需要
动用一只猫的回忆——
曾点燃满屋子的静
在两个人最相爱的时候
成为他们的孩子。
后来的一切都是可以预料的
残酷
但只要猫活着，永恒就存在。

久别重逢

在十几岁时喜欢过彼此
很多年没有联系
再相聚时，我们带着各自的家人
没有什么食物是真正可口的
只有孩子
具有彩色的饥饿。
她们笑时，我们跟着笑
她们从桌子边跑远时，这像是世上
最后一个夜晚——
在沉默中，我们都在
等待着什么？年少时，总是
拘谨地说：下次见
那是真的难舍，是真的甜蜜
是一只苹果内心的东西。

生日快乐

把遥远的山野

每一颗露珠献给今天

供你闪烁

把苹果中曲折的回忆

献给今天

供你苦尽

还有那黑夜充满弹性的边缘

供你爱或者醒来。

如此特别的一天

它属于你，属于很多个

如我一样知道快乐并不容易

却仍要

祝你快乐的人。

心如刀绞

我不擅长挤在人群中
向心爱的人告别。

——当我们应该拥抱时
却像其他人一样
只握了握手。

我不擅长，在最悲伤时
当着别人的面放声痛哭

我只能对天空感到
深深抱歉
当它真的一点点塌了下来。

我们应该有始有终

战火中奔跑着的，闪闪发光的
白马
后来怎么样了？

那么美的白马。
和爱情无关却让人牵肠挂肚的
白马。

必不可少的，需要替一个人
从第一场电影穿梭在被承诺的
无数电影中的白马
但愿它永远不会停下

只有它永远不会停下。

5 月 20 日

要创造更多节日——
没有一个人不需要爱。

这条寻常的街道
也需要有人偶尔抱着玫瑰
走在大雨中

幸福是少数人的
但可以成为多数人的幻觉

但愿在今天
你得到的爱比你渴望得到的
还要多一点。

纪念品

你从乌兰察布的死火山上
给我带回一块岩石。
它从你的怀里到我的手上竟有
几千公里的
距离。这距离让石头的内心有了动作
它比你更迫切地接近我。

我日益习惯与你分离
而这块岩石，它千里迢迢的孤独
已被我的双手抚平。

沉默

傍晚，我们沿着
屋后的马路
一直走
一直走
路旁有坟墓，菜地
挂满干果子的树。
太阳一直没有落下
有时我们的影子，碰着影子
差点发出声音。

白露

太寂寥了。当一个人身上
也溢出茂盛的秋意
当一颗露水，愿意跟我分享它迷人的身世。

我想念你
我珍爱你的脆弱。

可太寂寥了。太阳出来时
只有露水才有动人的愤怒。只有白蝴蝶
才能在你的阴影里激起浪花。

在夏至日

骑着摩托车去看雪
雪已经落满了这里，那里
只有少数的灌木
留下了一点绿色的边缘
天空还飘着
更大的雪
我们的摩托车
把轮胎上的花纹留在了
这里，那里
——都说人生如梦
我偏偏证明

人生远不如梦
你看梦中的人，还在一起。

旧书

你的很多书上，有我划的波浪线。
总有一天，你翻到它们时
会被淹没。
我仍一厢情愿地认为，那时你还爱我
你爱了我那么久
那么久。

久到爱成为一种合理的苦难
久到苦难上有了美丽的镂空花纹。

或者只是，久到我当了真
我为自己看着你受苦而感到深深抱歉。
这时我不断祈求
祈求这一切都是假的。你翻开一本旧书
你只是平静地
挨着那些波浪坐下。

河：阅读记

今天的日记只能写下：
十二月不再倾听雨声
生活变得简单。整个下午
她坐在沙发上一动不动
偶尔为读到一篇好的小说
感觉到荒凉极了的那种幸福
如虚拟的炉火带来温暖
并烤红了她的面颊。

河：梦

睡着的女人不再需要抚摸。
只等待一只能脱掉她满身黑夜的手
一只充满爱的手。
它停在空中，带着落向她的愿望
带着对黎明的薄雾中一朵玫瑰的
那种抚摸。
在清晨她就从这具
不被真正触碰的躯体上醒来
她感觉到失去什么
但又为过于轻盈感到片刻幸福。

河：她的脚碰到他的脚

她过去的脚碰到他现在的脚
她过去感觉到幸福。
她现在的脚隔着棉被碰到他过去的脚
她的每一根脚趾都擅自脱离了她
她的感受不同于脚趾的感受。
有一个夜晚，她终于把睡在中间的孩子
挪到靠墙那侧
她挨着他了
整个的她挨着整个的他了。
但不知道是过去的她挨着现在的他
还是现在的她挨着过去的他
他们躺在一起，但又不在一起。
她想做点什么，比如抓起他的手
放在她的胸口。
但她只是把脚伸到他的被子里
碰了碰他的脚
然后她又起身，把孩子挪回中间。

河：日常曲

已经很久没有爱的感觉
那种相互的、不可抑制的
写在脸上与夜晚拥抱中的
不那么被强烈需要
却又自然接受的。
像雨水必要与不必要地流淌着
在这个世界毫无痕迹地
深入与消失的……
已经很久没有过了。
但如果爱是可以独自完成的事
一切就好起来了
那恒久的动人的哀伤
在一个人的身体上旅行
从最遥远的角落
到手指、嘴唇与她千方百计
从另一个人身上夺回的心。

一张天空的照片

在厨房做饭的人，一抬头看见
窗外的晚霞，觉得很美
就把它拍下来
分享给了我。

其实我就在隔壁房间
只要他喊一声
我就能
走过去，和他一起站在窗边

我不知道他为什么
要这样
也不知道
哪一种方式看到的晚霞更美。

隐秘恐惧

婚姻与爱情，总要信一个
信一个就能活下去

活着就会做梦。梦不能当真
但梦，总在揭露一些东西

昨夜我恰好梦见了你：
对你日后的离去，我过早地
心如刀绞。

长沙会成为家

这座城市不知道自己
在失去。至少你不在这儿

我在深夜听到哗啦啦的声音
坚信是一卡车的星星
正被倾倒在地

过去如此闪耀
我想那星星就是一个人柔软、
可爱的样子

而我最终变得坚硬、疏远
成堆的灰暗也终于带来平静
不管是短暂还是恒久

不管是给这座城市，还是给
我内心的惆怅或愿望。

小暑

我们去看了荷花
在前一日的前一日。
强调这点非常重要，回忆
因此获得层次。

我回忆了荷花
独自一人在此刻。回忆都是
在此刻
强调这点并不重要

八千里路云和月
只在荷花上觉醒。

好天气

滂沱大雨挺好啊
滚滚雷声挺好啊
无风无浪，无声无息
也是福气。

生活嘛
她都接受了。

但当只剩下平庸的生活
她有时也真需要
一点因爱而生的狂喜
或忧郁。

永恒算法

从暴雨中逃出的人
在廊前生起了火。

那些被塞进火堆里的木头
差不多的两根木头
烧得更旺的那根，是更早
熄灭的

人也当如此
情感的极限是灰烬吗
在过去我总以分秒计算时长
分秒是煎熬

现在以年月。才过一年
却像已经一辈子。

立秋之诗

这里的山顶有一长排竹亭
在清晨寂静无人。只有风
呼呼地吹时
闭上眼睛，可触摸到远处的东西
比如天边云雾、枞树林中
或动或静的鸟
以及被碰落的黄叶——
山里的秋天没有声息，但无比
敏锐、细腻。
一年蓬、马兰、打碗花
还有野生百合
正值花期……花香并没有
溢满空气，但仍是好闻
我在益阳遗憾过，那里只有
白蝴蝶。而这里，常见硕大的
黑蝴蝶，仍是遗憾。
这是今日在电话中我没有说起
却想要分享给你的部分

不知是悲哀还是庆幸
我不过三十，已没有任何社交
我从不主动，不知关爱他人
没有成年人的礼节，也无
孩童的热情。但在你这里
我还有对友谊的原始渴望与活力。
一个人只有珍爱什么时
纯真的一面才会变得清晰。

一个问题

需要多少钱，才能过上
想要的生活？

夏末初秋
在 319 国道的某一段——
你不知道这一段有多长
两边都是高大梧桐
茂密闪亮的绿看不到尽头

走啊走
你走在无数枝叶的阴影中
觉得呼吸这样美丽
这样美丽，你却突然想起一个人
一个需要回答或纠正的问题：

需要多少爱
才能过上你想要的生活？

中国好诗

心上没有诗，就像地上没有花朵

第一季

《山中信札》·路也 著
《为何生命苍凉如水》·刘年 著
《女巫师》·宇向 著
《山冈诗稿》·王单单 著
《悬崖上的沉默》·雷平阳 著
《去人间》·汤养宗 著
《无端泪涌》·陈超 著
《必要的天使》·臧棣 著
《白云铭》·江非 著
《我们来谈谈合适的火苗》·杜绿绿 著

第二季

《让我背负你的忧郁》·郑玲 著
《响器》·马新朝 著
《半张脸》·商震 著
《个人简历》·娜夜 著
《挑滑车》·轩辕轼轲 著
《徒步穿越半个城市》·邰筐 著
《向命要诗》·沈浩波 著
《栖真之地》·桑子 著
《无数灯火选中的夜》·冯娜 著
《数星星的人》·玉珍 著

第三季

《妥协之歌》·李南 著
《用小号把冬天全身吹亮》·梁晓明 著
《空楼梯》·胡弦 著
《自己的心经》·叶舟 著
《锦瑟》·何向阳 著
《隔空对火》·荣荣 著
《我们的暴雨星辰》·姜念光 著
《浅妄书》·蓝野 著
《微甜》·白庆国 著
《大师的葬礼》·严彬 著

第四季

《事到如今》·张新泉 著
《入林记》·张二棍 著
《落在海里的雪》·王小妮 著
《群峰无序》·大解 著
《数一数沙吧》·沈苇 著
《镜中》·舒丹丹 著
《自然主义者的庄园》·阎安 著
《我不想大张旗鼓地进入你的生命之中》·巫昂 著
《一株麦子的幸福》·罗振亚 著
《我本孤傲之人》·江一郎 著

第五季

《山顶》·李琦 著

《大地上万物皆有信使》·刘立云 著

《深情可以续命》·潘洗尘 著

《大鱼》·徐南鹏 著

《今生荒寒》·殷龙龙 著

《镜中白马》·梁尔源 著

《爆破音》·胡茗茗 著

《逆风歌》·张远伦 著

《余音》·灯灯 著

《不能的风》·余幼幼 著

第六季

《万古烧》·张执浩 著

《编织蓝色星球的大海》·邱华栋 著

《世界的每一个早晨》·谷禾 著

《濒临》·龚学敏 著

《山河边关记》·丁戎耕 著

《不惑的绳结》·张常美 著

《封龙获鹿》·孟醒石 著

《开门见山》·慕白 著

《一个声音离开了合唱团》·臧海英 著

《雪旅》·张烨 著

第七季

《苍山下》·赵野 著

《我已寂寞过了》·人邻 著

《思想过程》·梁鸿鹰 著

《收集风声的人》·姚辉 著

《云尽处》·马占祥 著

《我想活得像一朵云》·罗鹿鸣 著

《除了爱和祈祷，我别无长物》·吕达 著

《野象群》·丁小炜 著

《日常礼物》·康雪 著

《在众生中被辨识》·李长瑜 著